I0550684

ÉPITRE

A

UN AMI MALHEUREUX;

Qui a concouru à l'Académie Françoise,
pour le Prix de Poësie.

PAR M. DURUFLÉ.

———————————

M. DCC. LXXIII.

AU LECTEUR.

CETTE Épitre a été préfentée au Con-
cours de l'Académie Françoife, où M. de
la Harpe vient d'être couronné: c'eft pour
lui que renaît tous les ans ce brillant rameau
d'or, qui réfifte aux efforts de fes Rivaux,
& qui femble s'incliner devant lui pour fe
laiffer cueillir fans peine. Cette facilité heu-
reufe n'eft fans doute que la conftante fu-
périorité des talens; & fi l'on prétendoit que
M. de la Harpe eft favorifé par la Sybille
d'Apollon, il pourroit répondre : Cette
Sybille eft ma Mufe. Un intervalle immenfe
le fépare de tous fes Concurrens; la feconde
Place qui refte vacante, prouve de la ma-
niere la plus éclatante fes titres à la pre-
miere, & fon nouveau triomphe a tout
l'appareil qu'il pouvoit defirer. L'honneur
"avoir été apperçu dans la carrière, lui-

A

du but, m'invite à faire à mes Juges l'hom-
mage public d'un Ouvrage qu'ils n'ont pas
tout-à-fait dédaigné , fans que ma recon-
noiſſance puiſſe être ſoupçonnée d'un reſte
de rivalité.

ÉPITRE

A UN AMI MALHEUREUX.

AMI, dont la jeuneffe, à la vertu docile,

S'ouvrit dans fes fentiers une route facile,

Trouva fon joug aimable & fçut l'orner de fleurs,

Délicat dans tes goûts, enjoué dans tes mœurs;

Depuis quand les pinceaux de la mélancolie

Changent-ils à tes yeux le tableau de la vie?

Eft-ce à toi d'exhaler le funefte poifon

Dont un fyftême abfurde infecta la raifon,

Et prêt à t'ajouter à fes triftes victîmes,

Ofes-tu m'étaler fes coupables maximes?

» C'en eft fait, me dis-tu; je fuis las de fouffrir,

» Sans doute un malheureux a le droit de mourir;

» La mort mettra le terme aux tourmens que j'endure

» Et je vais m'endormir au sein de la nature.

» Vois comme de mes jours , dévoués au tombeau ,

» La douleur lentement consume le flambeau ;

» Dans un corps abattu mon ame défaillante

» Est à peine un rayon de sa clarté mourante ,

» Et mon esprit glacé , sans ressort , sans vigueur ,

» Des organes flétris partage la langueur.

» Laisse-moi , de la vie heureusement prodigue ,

» En rejetter le poids, quand ce poids me fatigue.

» Epargne - moi tes pleurs : viens plutôt m'affermir.

» Je n'ai qu'un pas à faire & j'ose le franchir ,

» J'ai vécu. Sauve - moi de cette pitié vaine ,

» Cruelle par foiblesse & semblable à la haine ,

» Qui ne soupçonne pas qu'un être infortuné

» Se console, en mourant, du malheur d'être né.

Arrête ! je frémis à ce sombre langage ,

Arrête : à ton ami cesse de faire outrage.

Qui ! moi, t'abandonner & te laisser périr !

Te pousser dans l'abîme , où je te vois courir !

Donne-moi donc, cruel ! ta fermeté barbare.

Que dis-je ? à mes combats que ton cœur se prépare :

Tu peux nommer foiblesse une tendre pitié,

Je la sens : mieux que toi je connois l'amitié,

Je ne lui prête point un ministère impie,

Je ne l'honore point par une barbarie.

Dans ta retraite, ô Ciel ! que ne puis-je voler !

Puisque tu crains mes pleurs, tu les verrois couler :

Viens ; je te forcerai de t'attendrir encore,

D'abjurer dans mes bra un projet que j'abhorre :

Viens par ton repentir l'expier à mes yeux

Et sens de l'amitié l'assaut victorieux ;

Panche-toi sur mon sein, mouille-moi de tes larmes

Viens t'écrier encore : oui ! la vie a des charmes.

De ces épanchemens tu connus les douceurs :

Souviens-toi de ce jour, où de tes longs malheurs

Retraçant à mes yeux la douloureuse image,

Tu me disois : » ami ! tu soutiens mon courage ,

» L'amitié consolante amene au fond du cœur

» Et l'amour de la vie, & l'oubli du malheur ;

« Je lui dois ma conſtance & ſa voix me ranime.

» Elle abandonne un cœur, avili par le crime,

» C'eſt à lui d'implorer le bienfait de la mort.

» On réſiſte au malheur ; on ſuccombe au remord.

Tels étoient tes diſcours : puis-je t'y reconnoître ?

C'eſt l'homme vertueux qui déteſte ſon être !

Hâte-toi d'étouffer ces mouvemens affreux,

Laiſſe, laiſſe aux pervers leurs déſirs monſtrueux.

Peins-toi ce jour terrible, où tout mortel ſuccombe,

Où la mort, s'élevant ſur les bords de la tombe,

Rédemande la vie à l'homme épouvanté,

Et vient à ſes regards ouvrir l'éternité.

Ah ! le plus malheureux, en ces combats funeſtes,

De ſes jours condamnés veut diſputer les reſtes ;

Il repouſſe la mort, il frémit, & ſon cœur

Sous la fatale faulx palpite avec horreur.

De l'inſtinct qui ſe trouble explique le murmure,

Tu ne peux te méprendre au vœu de la nature.

C'eſt cet inſtinct puiſſant, préſent de notre Auteur,

Et des foibles humains heureux conſervateur.

Il parle & dans ſes fers tremblante priſonniere,

L'ame n'oſe briſer ſa fragile barriere.

Tu lui déſobéis & penſes le braver !

Dans ton cœur, mais trop tard ! crains de le retrouver.

Vois-tu ce malheureux, que la douleur égare,

Qui prodigue des jours, dont le Ciel eſt avare ?

Le fer long-tems héſite appuyé ſur ſon ſein

Et vingt fois il échappe à ſa tremblante main ;

Frappé du coup mortel, couché ſur la pouſſiere,

Il ouvre un œil errant & cherche la lumiere.

Ah ! qu'il voudroit alors, environné d'horreurs,

Souffrir encor la vie & traîner ſes malheurs !

Vains regrets ! de ſes jours il a marqué le nombre,

Il meurt. Le déſeſpoir accompagne ſon ombre.

Un nouveau jour nous luit aux portes du trépas,

Crains ſa triſte lumiere.... Ah ! ne t'y trompes pas,

Le courage n'eſt point une aveugle furie

Et l'honneur n'eſt pas grand de prodiguer ſa vie ;

D'affliger, de trahir ſes amis éperdus,

Une mere, qui meurt ! ſi ſon fils ne vit plus,

Et ton épouſe, hélas ! qui triſtement féconde,

Reprocheroit ta mort à ma douleur profonde :

Tu ne peux, au mépris des devoirs les plus ſaints,

Rompre un nœud qui t'attache au reſte des humains.

Écoute. Si pour toi ces devoirs ſont ſans charmes,

Si tu peux d'un œil ſec voir répandre des larmes,

Si le dur égoïſme a flétri ta vertu,

Je ne t'arrête point : meurs ; pourquoi vivrois-tu ?

Sans doute tu rougis & ce diſcours te bleſſe ;

Je venge tous les droits que trahit ta foibleſſe.

Du grand nom de Caton ne crois pas m'éblouir :

Pour ſon pays ſans doute il eſt beau de mourir.

Mais ſauver ſa patrie, oſer vivre pour elle,

C'étoit peut-être encore une gloire plus belle ;

Pour donner à Caton le prix de la vertu,

Voyons, non comme il meurt, mais comme il a vé

Eh ! que m'importe enfin la gloire qu'on lui donne :

Tes jours font en danger & la mort t'environne ;

Soit courage, ou foiblesse, abjure ton dessein.

Crois-moi, si le malheur l'enfantoit dans mon sein,

Le tendre souvenir de l'amitié plaintive,

Cruel ! arrêteroit mon ame fugitive.

Je n'aurois pas un cœur insensible à sa voix,

Ce cœur, qui se permet de trahir tous ses droits,

Tu vis mon désespoir, quand de ma tendre mere

Mes mains, jeunes encor, fermerent la paupiere :

Dans ses bras défaillans je me sentis pressé !

J'ai reçu ses adieux dans un baiser glacé !

J'ai pleuré le trépas d'une sœur adorée,

Des roses de l'Hymen nouvellement parée !

Un ami seul me reste... & veut m'abandonner !

Foible ami ! vis encor, je vais te pardonner.

Viens : comme l'amitié, le malheur nous rassemble

Et deux infortunés se confolent ensemble.

Ciel ! c'est toi que j'implore. Ami du malheureux

Si le vœu de mon cœur te paroît vertueux,

J'ofe, jufqu'à ton trône, élancer ma priere.

Aux yeux de mon ami fais briller ta lumiere,

Fais defcendre la paix dans fon cœur abattu,

Montre-lui dans ton fein le prix de la vertu.

Oui, j'aime à le penfer : l'éternelle Sageffe

S'abaiffe avec bonté fur l'humaine foibleffe.

Heureux, ou malheureux, en tout tems, en tout lieu,

Ami, l'homme eft placé fous les regards d'un Dieu.

Ofe t'en applaudir. Qu'un orgueil légitime

Vienne élever ton cœur, l'échauffe & le ranine :

Offre un digne fpectacle à l'augufte témoin,

Que la vertu défire & dont elle a befoin.

La vie eft difficile, hé-bien ! lutte contr'elle,

Plus le combat eft long, plus la victoire eft belle.

Ce Dieu, qui prit pitié des mortels corrompus,

Voulut que l'infortune enfantât les vertus.

Vois les vents déchaînés raffembler les nuages :

L'abondance defcend, au milieu des orages.

Que la fortune étale une vaine splendeur :

Vois ses vils favoris, & pardonne au malheur.

De l'utile malheur l'homme né tributaire,

A besoin des leçons de ce Maître sévere.

La joie a ses écueils. Contemple l'Univers;

Ami! si l'homme est grand, il l'est par les revers.

S'il n'est plus de malheur, que devient la constance?

Est-ce pour les heureux qu'est faite l'espérance?

L'espérance immortelle est la fille des Dieux :

Pour habiter la terre, elle a quitté les Cieux.

Telle que l'amitié, compagne des disgraces,

Elle suit le malheur, pour effacer ses traces :

La douce illusion, qu'embrassent les douleurs,

De ses rians tableaux vient broyer les couleurs.

Les tristes souvenirs devant elle s'envolent,

Et, même en nous trompant, ses charmes nous con-

      solent.

Elle brille à mes yeux, & coule dans mon cœur.

Amour! ô des humains éternel Bienfaiteur!

Toi, que ne connoît pas la grandeur importune,
Plaifir dans le bonheur, vertu dans l'infortune !
Viens rendre à mon ami fon courage expirant,
Rallume de fes jours le flambeau pâliffant ;
Au berceau de fon fils prens foin de le conduire :
Du plus doux des devoirs c'eft à toi de l'inftruire,
Careffé dans fes bras, ah ! pourra-t-il former
D'autre vœu, que celui de vivre & de l'aimer ?
Qu'il eft doux en effet d'être époux, d'être pere,
De voir fon fils fourire & d'embraffer la mere !
La voix de la nature a réveille ton cœur ;
Ami, tu vas renaître, & renaître au bonheur !

Lu & approuvé à Paris le 21 Août 1773.

MARIN.

www.ingramcontent.com/pod-product-compliance
Lightning Source LLC
Chambersburg PA
CBHW061628180626
46818CB00005B/2281